Obras de arte

T0045492

Lada Josefa Kratky

NATIONAL GEOGRAPHIC LEARNING | CENGAGE Learning®

Este es un cuadro. Es la obra de un pintor. Su nombre aparece en el cuadro.

Algunas obras de arte tienen un cuento escondido. Nosotros miramos la obra y tratamos de adivinar el cuento.

Las primeras obras de arte se veían así. Eran grabados hechos en piedra. Para grabar, se usaban otras piedras afiladas.

Estos grabados son como un cuento. Nos hablan sobre la vida de la gente que los hizo. Vemos que cazaban.

En estos otros dibujos se ven más colores, como el negro, el gris, el blanco y el rojo. Estos dibujos también son como un cuento.

Aparecen toros, bisontes y venados. Vemos qué animales vivían allí entonces.

Cuando miramos estos dibujos, vemos otros cuentos. Vemos más detalles. Al mirarlos podemos contestar preguntas.

¿Cómo se vestía la gente? ¿Qué animales usaba? ¿Había cocodrilos? ¿Trabajaba la gente en el campo?

Este otro cuadro también tiene un cuento. Lo podemos contar contestando estas preguntas: ¿Qué animales se ven? ¿Están en una granja? ¿Qué hace el hombre?

Aquí vemos casitas grises y piedras grandes. La gente lleva sombreros con cintas negras. Con este cuadro, aprendemos algo sobre la vida en este lugar.

Algunas obras de arte nos hacen pensar en las primeras obras de hace muchos años. ¿Se parecen estas dos obras? ¿En qué se parecen? ¿Qué nos enseñan?